STANCES
SVR LA MORT
DV FEV ROY.

PAR

MESSIRE I. BERTAVT, EVESQVE DE SEES, CONSEILLER ET PRE-mier Aumosnier de la Royne, & Abbé de nostre Dame d'Aunay.

A PARIS,

Chez Tovssaincts dv Bray, ruë S. Iacques aux Espics meurs, & au Palais, à l'entree de la gallerie des Prisonniers.

M. DC. XI.

AV LECTEVR.

AM y Lecteur , si i'eusse sceu de bonne heure qu'il se faisoit vn re-cueil des vers composez par di-uers Autheurs sur la mort du feu Roy, ceux-cy (qui peut estre ont esté commen-cez des premiers) fussent sortis en lumiere auec eux, estants en trop petit nombre pour faire vn corps à part, & battre tous seuls la campagne : Mais ne l'ayant sceü qu'apres la publication des autres, & me semblant qu'on me trouuoit à dire (pour ce qui regarde le deuoir & l'obligation extréme que i'ay à l'eternelle memoire d'vn si grád Roy) ne voyát point mes lar-mes & mes plaintes meslees auecques les leur, ie les ay donnez à l'Imprimeur, pour leur faire prendre acte, sinon de leur dili-gence, au moins de leur deuotion : aymát

mieux m'acquiter vn peu tard de ce deuoir, que iamais : & me faire accuſer d'in-
aduertence, pluſtoſt que d'ingratitude.
Reçoy les fauorablement s'il te plaiſt, te
ſouuenant que comme anciennement
toutes ſortes de bois n'eſtoient pas pro-
pres à faire l'image de Mercure, auſſi toutes eſpeces de plumes (& ne fuſt-ce que la
mienne la premiere) ne ſont pas bonnes
à deplorer la mort, & celebrer la memoire d'vn ſi grand Prince : bien qu'il nous
doiue excuſer comme Dieu, ſi meſme en
beguayant nous chantons ſes loüanges,
& ſi la perte en eſtant vniuerſelle, auſſi en
ſont les regrets.

STANCES
SVR LA MORT,
DV FEV ROY.

I ſentir viuement le mal qui nous fait
   plaindre
   Nous faiſoit dautant plus viuement le
   depeindre,
Et ſi l'on pouuoit eſtre eloquent de douleur:
Ton trépas, grand Monarque, euſt bany mon ſilence,
Et ſeroient preſque égaux, par ma triſte eloquence,
Mes vers en ornement à ta mort en mal-heur.

Mais qu'il eſt difficile, és maux inſuportables,
   De trouuer en pleurant des parolles ſortables
   Pour plaindre la douleur que font ſouffrir les cieux!
   Et combien ayſément, en l'ennuy qui nous touche,
   Cela meſme tarit les beaux mots en la bouche,
   Qui fait ſourdre à boüillõs les larmes dãs les yeux!

A iÿ

La parolle deffaut aux ames plus dolentes :
Les petites douleurs sont seules eloquentes,
Et l'obiect trop sensible esteint le sentiment.
On ne peut bien parler estant à la torture :
Et celuy qui se dit mourir tant il endure,
Autant qu'il le dit bien, autant il se dement.

Las, il ne faut que moy pour en seruir de preuue :
Car quãd auec ta Frãce, auiourd'huy triste & veuue,
Ie me veux tout épandre en lamentables cris,
Soudain le discours manque à mon ame opressee,
Et la iuste douleur rauit à ma pensee
Ce que l'affection promet à mes écrits.

Ou bien ie represente en parolles communes
L'horreur & de ta mort & de noz infortunes,
Vn Pygmee exprimant vn Geant en hauteur :
Dont accusant mes vers, honteux ie les déchire :
Si bien qu'à tous moments, ayant ceßé d'écrire,
La fin de mes écrits cest fascher leur autheur.

Quoy, (dy-ie en regardant ce nauffrage publique
Deuant qui la grandeur du vers le plus tragique
Sembleroit se douloir en parolles de ieu)
Rauelleray-ie icy par vne indigne plainte
Nostre perte, & le dueil dont la France est attainte?
Ou sentiray-ie tant, & diray-ie si peu?

O grand Roy le support des lettres & des armes, (mes.
  Reste plustost nõ plaint, que plaint d'indignes lar-
: Dont vn nom si fameux ne puisse estre honoré.
  Soit demandé plustost pourquoy loüant ta vie
: Ie ne t'ay point pleuré quand on te l'a rauie,
  Que pourquoy mal'heureux ie t'ay si mal ploré.

La France cognoistra, si ma voix se desire,
  Que ce qui me fait taire, est auoir trop à dire,
  Et que mon esprit cede à l'ennuy son vainqueur :
  Que l'horreur en ma bouche estouffe ma harangue :
  Et qu'vn si triste coup me tranche icy la langue,
  Tout ainsi qu'il trãsperce, & fait saigner mõ cœur.

Aussi bien Apollon n'anime plus ma veine,
  Comme il faisoit du temps que la docte Neufuaine
  Donnoit vol à ma plume en vn âge plus doux :
  Ou pleurons ce mal'heur en meilleurs Heraclites,
  Ou fuyons de donner aux François Democrites
  Vn suiet en nos pleurs de se rire de nous.

Ainsi dy-ie, semblable à cet Archer antique
  Qui craignant de soüiller d'vne honte publique
  Le renom de sa main par l'âge s'empirant,
  Ayma mieux (tant l'honneur possedoit son enuie)
  Perdre en ne tirant point sa franchise & sa vie,
  Que de perdre d'vn coup sa gloire en mal tirant.

A iiij

Il est vray qu'en vn point cest exemple differe:
Il fist par vanité ce qu'icy me fait faire
Le saint & iuste excez d'vn dueil non attendu:
Son art l'abandonnoit, nul art ne me seconde:
Et ce que peut en luy la peur de perdre au monde,
Le mesme peut en moy l'ennuy d'auoir perdu.

Perdu l'as! & quel biē? vn Prince, vn Pere, vn Maistre,
Que perdre c'est se perdre, & quasi ne plus estre,
Ou bien estre vn suiet de mal'heur & d'ennuy,
Cōme il fut nostre gloire, & cōme presqu'il semble
Que ce qu'auec tāt d'heur tous ses peuples ensemble
Acquirent par luy seul, ils le perdent en luy.

Aussi ne cessons nous d'en lamenter la perte,
Encor que nostre bouche aux complaintes ouuerte
Serue à nostre douleur d'vn mauuais truchement.
Quoy que nous parlions mal nous ne sçauriōs nous
Et nostre zele ardant ne peut cesser de faire (taire:
Ce que nous nous plaignons de faire indignement.

O France, ingrate France, & cruelle à toy-mesme,
D'auoir osé tremper ton propre diadême
Ià deux fois dans le sang des Vallois & Bourbons:
Merites-tu pas bien que des loups te commandent,
Et que de méchās Roys sans pitié te gourmandēt,
Puis que si méchamment tu gourmandes les bons?

Mais veuille ton bon-heur, imprudente prouince,
   Que ceste horrible mort, ceste mort de ton Prince
   Qui mist ta gloire & luy dans vn mesme linceul,
   Soit à d'autres qu'à toy iustement imputee :
   Ou que comme (à la voir de chacun lamentee)
   Le mal en est de tous, le crime en soit d'vn seul.

D'vn seul qui n'ait esté nul autre que Megere :
   Car puis qu'en l'vniuers tout meurt par son côtrai-
   Que le vice destruit la vertu seulement,   (re,
   Et que du seul meschant le bon reçoit outrage,
   Certes il falloit bien estre la mesme rage,
   Pour massacrer vn Roy si doux & si clement.

Que maudit soit le iour où ceste infame d'ire
   Rendit presque la France vne pauure nauire
   De qui desià la mer engloutit le tillac :
   Que la fureur du ciel en extirpe la race !
   Et que par vne horreur de sa brutale audace,
   L'esroy mesme d'enfer ait pour nom Rauaillac.

Qu'au temps ou ce cruel massacra nostre Achille,
   Tousiours à l'aduenir nostre plainte distile
   Des pleurs ensanglantez par les veines de l'œil :
   Et qu'à faute de mieux, nostre ame desolee
   Serue de Polixene à sa tombe immolee,
   Par le Pyrrhe vengeur d'vn perdurable dueil.

Ce sera peu de bien, entre tant d'amertume,
Au courroux sans espoir dont le feu nous consume,
Que de punir en nous l'impieté d'autruy:
Mais encor nostre esprit quelque paix y remarque,
Et se voyant pleurer pour vn si grand Monarque,
L'ennuy mesme a pour bien la gloire de l'ennuy.

Royne de qui l'honneur passant toute eloquence,
Aussi bien que le sien nous oblige au silence,
Comme obiects que nul art ne peut representer,
Car non plus qu'en parlat nous ne sçaurios attein-
A ce triste bon-heur de dignement le plaindre, (dre
Nous ne sçaurions non plus dignemet vous châter.

Vous seule, grande Isis, nostre commune attente,
Vous seule consolez le dueil qui nous tormente.
Faisant reuiure en vous ce Royal Osiris :
Et vous seule en l'orage estant nostre refuge,
Nous nous croyons au moins preseruez du deluge,
Iettant l'œil de l'esprit dessus vous nostre Iris.

Viuez tant seulement, ou soit pour la vengeance,
Ou soit pour étouffer la maudite esperance
Du fruict que de sa mort l'étranger s'est promis :
Viuez, vainquez, regnez de tous biens assouuie,
Et que l'heur eternel de vostre longue vie
Soit l'eternelle mort des desseins ennemis.

L'ennemy tout dépit de voir nos troubles calmes,
  Voulant que nos Cypres luy produisent des palmes,
  (Quoy qu'vn iuste remords luy serue de bourreau)
  Peut estre entre les pleurs dont la France est trẽpee,
  Enflé d'vn vain espoir fera luire l'espee
  Que la seule frayeur colloit à son fourreau.

Mais il n'y gaignera contre vostre conduitte
  Rien que perte és combats, rien que honte en la
  Car il receura lors, comme Cyre autrefois,   (fuitte:
  Vn plus honteux suiet d'auoir la vie en heine,
  D'estre en guerre battu par les mains d'vne Reine,
  Que par celles d'vn Roy qui battoit les grãds Roys.

Ainsi soit, digne Reine, afin qu'en ceste ioye
  Mon cœur sechant les pleurs dont la source le noye,
  L'aise face fleurir sous vn plus heureux sort
  Les paroles qu'en moy l'ennuy tient étouffees,
  Et que ie chante mieux l'honneur de vos trophees,
  Que saisi de douleur ie n'ay pleuré sa mort.

Mort de qui le mal'heur toutes plaintes excede :
  Mort qui fait souhaiter la mort pour vn remede,
  Et qui semble icy bas tant de maux attirer,
  Qu'il falloit, dés le iour qu'on la voulut depaindre,
  Estre autant eloquent pour dignemẽt la plaindre,
  Qu'extrémement méchant pour l'oser procurer.

Cependant preſeruez des coups de tout orage
 Ce ſacré lys Royal, fleuron de ſon courage,
 Le couurant d'Oliuiers grands & plantez épaix :
 Et pour le voir bien toſt fameux dans les hiſtoires
 Semez-luy d'vne main preparee aux victoires,
 Des graines de Laurier dans le champ de la paix.

Car les ſages Conſeils en ſont les viues graines,
 Auec ces ornements des fortunes humaines,
 La valeur, l'equité, la prudence, & la foy.
 Ceſt de ces vertus là qu'il faut qu'on le renomme :
 Il doit bien poſſeder les autres comme vn homme,
 Mais il luy faut auoir celles-la comme Roy.

Puiſſiez-vous le nourir aux palmes aſſeurees,
 Et malgré les fureurs contre luy coniurees,
 Le mener iuſqu'au temps par les aſtres promis,
 Où ſuyuant à grands pas la valeur paternelle,
 La guerre eſtant ſa gloire, & proſperant en elle,
 La paix ſoit deſirable à ſes ſeuls ennemis.

Alors on s'eſcriera, d'vn aiſe incomparable,
 L'aiglon ſurpaſſe l'Aigle en ce vol admirable
 Que de voir égaller nul iamais n'euſt penſé :
 Le vainqueur eſt vaincu, mais telle eſt la victoire,
 Que ſi ceſt heur à l'vn de ſurpaſſer en gloire,
 C'eſt ioye à l'autre és cieux de ſe voir ſurpaſſé.

BERTAVT E. DE SEES.